Lebensimpressionen und Träume

„Lebensimpressionen und Träume“
Jahr 2010, 1. Auflage
Jahr 2013, 2. Auflage
Jahr 2017, 3. Auflage

Verlagshaus Schlosser, 86316 Friedberg

Text: Regina Loewel-Sailer
Umschlag, Layout & Druck: Verlagshaus Schlosser
ISBN: 978-3-86937-079-8
€ 11,90

Lebensbuch - Seelenbuch
Licht dringt in jeden Raum

Regina Loewel-Sailer

Lebensimpressionen und Träume

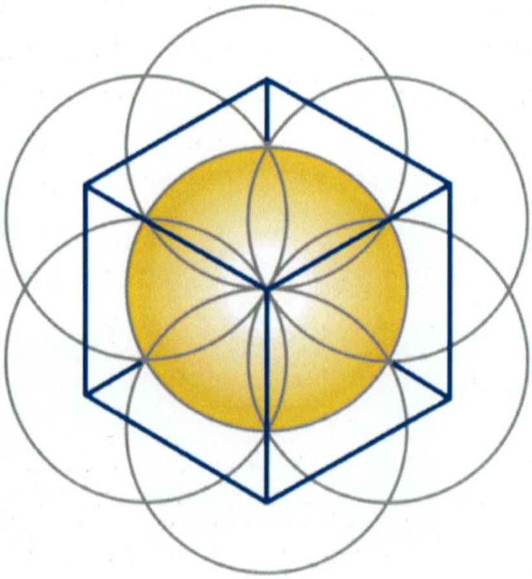

Lebensweisheiten und Sinnhaftes

Seelenbuch I und II und Erweiterung

Lösungsmöglichkeiten
In die Freiheit der eigenen Bestimmung

Erlebtes und Geträumtes

Ein bisschen Liebe von Mensch zu Mensch ist besser
als alle Liebe zur Menschheit (R. Dehmel)

Viele Menschen versäumen das kleine Glück,
weil sie auf das große vergeblich warten (Pearl Buck)

Herzlichen Dank sage ich der Firma Fotolia mit ihren Bildangeboten. Unter www.Fotolia.com einsehbar und den einzelnen Künstlern

Fotoquellen der einzelnen Künstler von Fotolia: Titelseite photosampler, Lee Prince, Pakmor, Madeleine Openshaw, shock, Marcin Osadzin, Stefan Körber, Angela Schmidt, Sebastian Kaulitzki, Romola Tavani, Lumppini, Daniel Mühlebach, Aechtrauchbier, pitrs, Cornelia Arras, Ekatarina Ponomareva, Ekaterina Fedorova, Caz, SG, Max5128, enrico scarsi, J. Mühlbauer exclus, Olivier Le Moal, James Steidl, Thaut Images, Markus Mainka, deanz, nomada, Werner Weber, rgbspace, David Kelly, Adam Gryko, Eric Gevaert, refresh(PIX), pierre-yves Riov, Paul Morley, Harald Schmid, Dean Pennala, Momentum, Michael Shake, Galyna Andrushko, Sergey Tokarev, Sue Colvil, Sveet Angel, R Timages, Piccaya, pirate, veida, Andreas Karelias, mao-in-photo, christoph Dyroff, Laxmi, Steven Bourelle, valda, Yves Colas, photosani, PANORAMO; Mykola Velychko, www.nikolai-trischka-engelenergiebilder.com

Danke auch Hans Bopp mit seinen schönen Seeleninformationen. Seine Bilder sind unter der Webseite www.kreavitalis.de einsehbar. Hans Bopp entwarf auch mein Logo. Es passt optimal zu meiner Webseite und zu meiner Berufung.

Unter meiner Webseite www.life-sunshine.de können Sie eine Beschreibung der metamorphischen Arbeit und der Quantenheilungsarbeit in der praktischen Anwendung einsehen.

Jule und Molly – Liebevolle Begleiter in dieser Zeit.

Lebensimpressionen und Träume von Regina Loewel-Sailer

Ich danke vor allem meiner Familie. Sie war immer für mich da und zeigte Verständnis für meine Berufung und hat auch meine Begeisterung mitgetragen.

Von Herzen Dank an meinem Mann Oswald. Er zeigt mir mit seiner Liebe wie schön das Leben im Herbst des Lebens sein kann.

Ich fühle mich mit Allen sehr verbunden und liebe sie aus tiefstem Herzen.

Das Leben zeigte mir aber auch, dass ich mir selbst treu sein und auch bleiben muss. Jeder darf seine Berufung finden und leben. Ich lebe sie.

Erklärung meiner Gedanken und Gedichte

Von den Jahren 1993 bis 2017

Alle Gedanken und auch meine intensiven Träume sind durch die Wortbildung sichtbar geworden.

Mir wurden dadurch Lösungen, Lebensverbesserungen aber auch manchmal intensive Heilungsmöglichkeiten aufgezeigt.

Das Gedicht „Was ist das nur“ wurde mir in einer Lebenskrise während einer Nacht im Jahre 1994 gegeben. Ich schrieb es sofort in meine damalige mechanische Schreibmaschine, dann lag es jahrelang in einer Schublade, gut versteckt, bis zum Jahre 2010.

Das Gedicht „Mag es lodernd brennen“ bekam ich als Wortgerüst im Jahre 2010 und vervollständigte es am nächsten Tag. Zu diesem Zeitpunkt meines Lebens war alles in einer gewissen „Ordnung“ und Sicherheit. Sechs Wochen später kam dann die Lösung der gegebenen Worte. Das hat mich erschüttert. Es ging um ein intensives Fortbildungsseminar im heilerischem Bereich. In diesem Seminar wurde es deutlich:

Ein Jeder hat auf seine ureigene Art als Bewusstsein und als Individuum in der Ganzheit zu leben, wie die Welle im Ozean und muß sich entscheiden. Selbst alte, tiefe Freundschaften können an solchen Entscheidungen zerbrechen. Aber es hilft sich selbst zu erkennen und mehr zu sich selbst zu stehen.

Das Gespürte dann auch umsetzen und ins TUN gehen.

Wir sind alle eine Perle unter Perlen, ein Edelstein unter Edelsteinen. Wir unterscheiden uns nur durch den, uns gegebenen Schimmer bzw. Schliff.

Das ist gut so.

Das Gedicht „Nicht gewolltes Kind“ ist meine Aufarbeitung der Kindheit und war sehr lösend, schmerzhaft, aber auch sehr heilend für mich.

Das Gedicht „Mein Herz ist voll Liebe“ entstand in einer Zeit, wo sich der Ozean der Liebe in mir zeigen konnte.

„Gefühle steif gefroren“ beschreibt eine sehr verletzende Begegnung durch die Bekanntschaft mit einem „gefühlskalten Mann“???, der so ganz anders war als ich. Auch das sollte ich ertragen lernen um Menschen zu lassen, wie sie sind. Ich dachte, ich müßte immer um jeden Preis helfen oder wenigstens es versuchen – besser zu machen.

Das war eine bittere Lektion für mich und hat mir geholfen – bei mir zu bleiben und mein Helfersyndrom mehr und mehr zu erkennen und zu wandeln in Mitgefühl, nicht Mitleiden.

Eine hawaijanische Heilungsmöglichkeit begleitete mich zu dieser Zeit - HOOPONOPONO - eine praktische Hilfe.

Und so hat alles einen Sinn. Für mich jedenfalls und ich hoffe auch für einige Leser. Das Leben hat mir seine verschiedensten Seiten gezeigt. Dafür bin ich sehr dankbar und ich wachse immer noch gerne, aber heute mit mehr Freude.

Besser gesagt, ich lasse das „Leben“ - was sich durch mich zeigen will - immer mehr zu. Im Dezember 2015 haben Oswald und ich geheiratet, nun beginnt für uns noch einmal ein wunderschöner bunter Herbst unseres Lebens.

Schlagen Sie einfach mal eine Seite auf. Dort, wo sich Ihr Augenmerk konzentriert, auf diese Zeile oder Seite, das hat oftmals eine Bedeutung oder eine Hilfe für Sie parat.

Danke Ihnen ALLEN * Regina Loewel-Sailer

Liebe und Lebe Dein Leben - 1 –

Eigenes Bild

Liebe und lebe Dein Leben
Nur die Liebe wandelt
Durch sie erblühen wir

Bitternis weicht
Unrecht löst sich auf
Verstehen, Begreifen, Verzeihen
geht auf einmal mühelos

Wie ein Sonnenstrahl im Nebeltau des Morgens
blitzend, funkelnd, wärmend
erhellt die Liebe den vorher Gequälten
Nimmt ihm die Schwere des gedachten, dunklen Lebens
Zeigt ihm wie das Leben sein kann
Wie er freudiger leben und lieben kann
Vielleicht mal lachend und albernd den Tag verbringen
Am Strand, oder auf der Couch

Und überhaupt
Warum leben wir SO?
Warum leiden wir SO?
Müssen wir leiden?
Was ist der Sinn des Lebens?

Lebe und lebe dein Leben - 2 –

Eigenes Bild

Wenn die Liebe vorbeigeht
Ganz flüchtig, ganz still
Spüren wir sie manchmal
Nur wie einen Hauch

Wie ein Streicheln,
Doch erwartungsvoll

Die Liebe ist vielseitig
Sie fragt nicht nach
Äußerlicher Schönheit

Sie verschenkt sich total
An Jeden, der sich für sie öffnet
Die Liebe verschenkt sich Tag für Tag

Immer wieder neu
Immer wieder anders
Habe Mut
Lebe die Liebe
Lass sie hinein in dein Leben
Lass dich berühren – Verführen
Stehe zur Liebe, zur Ganzheit

Liebe und lebe dein Leben - 3 –

Bopp

Nimm sie mit deiner Haut auf
Lass sie leben
In deinen Gedanken
Und Gefühlen

Lass dich klären
Sei Liebe

Liebe und lebe dein Leben
Die Liebe verlangt nicht viel

Ehrlichkeit
Kein Vorspielen von Gefühlen
Kein Verstecken
Kein Vertuschen

Nur reines DA SEIN
Einfach SEIN
Einfach im sprichwörtlichem Sinne

Sag es mir - 1 –

Fotolia

Sag es mir - Spür mit mir
Was ist der Sinn des Lebens, warum sind wir hier
Festgelegt und eingespannt in einen Lebensplan
Starre Muster die in früher Kindheit ihren Anfang nahmen

Ständiges Bemühen um Anerkennung
Und etwas Liebe zu bekommen
Verleugnung der Persönlichkeit?
Anpassung oder ständiger Protest
Entweder gegen Alles und Jedes sein - Hauptsache dagegen

Oder es immer Allen Recht machen - Nur nicht auffallen
Alles erarbeiten müssen für ein mühsames Leben

Ist es nicht besser
Den Kindern vorzuleben:
Wie Du Dich mir auch zeigst
Ich nehme Dich so

Wie Du bist

Sag es mir -2-

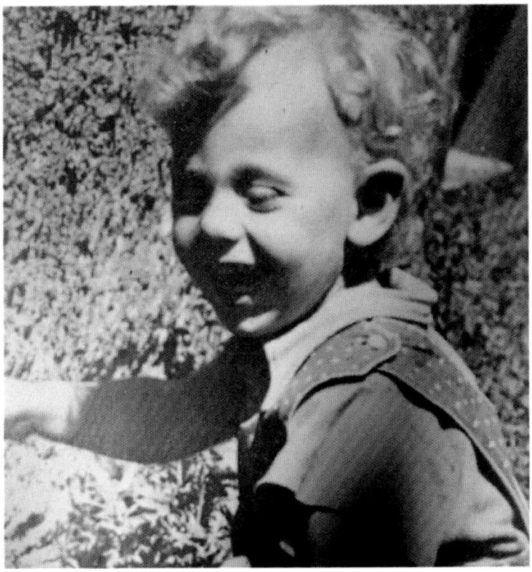

Eigenes Foto

Ich achte und ich liebe Dich
Du bist ein Teil von mir
Und bist doch in erster Linie
Dir selbst verpflichtet

Nicht den Willen brechen;
sondern Richtung geben
Wege weisen
Vorleben – Zuhören

Ziele setzen und gemeinsam erarbeiten
Den Anderen ernst nehmen und unterstützen
Miteinander lachen und Liebe zeigen
Denn nur die Liebe heilt

Jeder muss sich für das Leben
Jeden Tag NEU entscheiden.
Wir sind nicht dazu bestimmt
Nur so dahin zu leben

Von der Minute
Zur Stunde
Zum Tag.
Von Jahr zu Jahr

Sag es mir -3-

Fotolia

Am Ende
Wenn wir uns hier verabschieden
Ergibt es einen Sinn
Die Güter
Die wir hier gesammelt und gehortet haben
Zählen sie

NEIN

Das, was wir gegeben haben
Was wir BEWIRKT haben

ABSICHTSLOS

Mit reinem Herzen
Bei dem Anderen
Bei uns selbst
Das zählt
Damit wird aufgerechnet

Das legen „**WIR**“ in die Waagschale
Und **ES** gleicht aus

Was ist das nur - 1 -

Eigenes Foto

Es barmt, weint und schreit

Es schmerzt

In Bruchteilen von Sekunden kommt es
Die große, schwere Traurigkeit
Vollkommen einhüllend und wehrlos machend

Keine Kraft hilft dem zu entfliehen
Kein Ablenken, keine Freude im Außen
Keine Hilfe von Anderen
Erreicht den so Gefesselten
Nichts als jämmerliches und tiefes Verzweifeln

Ist es die **SEELE**
Die Unerfüllte, die da schreit
Die sich so meldet ob der Pein
Des nicht gelebten Lebens
Der nicht anerkannten
Nichtausgedrückten Fähigkeiten
Vereinsamt und verlassen

Was ist das nur -2-

Fotolia

Verkrüppelt doch
Starke Kraft die sich nach außen windet
Die nach Gelebt werden verlangt

NUN LEBE

Schreit die Seele
Fange an - Bewege Dich
Öffne Dich

In Dir liegt doch alles
Alles ist schon da
Entdecke das Unbekannte
Fremde Land

Sei der Meister deines Schicksals
Nimm dein Leben in die eigene Hand
Bedenke und handle

Der Geist bestimmt den Körper
Nicht umgekehrt

Was ist das nur -3-

Fotolia

Brich endlich auf
Wanderer deines Lebens
Keiner lebt es für dich
Lass zu und gehe Deinen Weg
Fange an
Lege den Samen
Lass die Freude am Leben
Sich selbstkeimend entfalten

Es geht

Du wirst ja geführt auf deinem Weg
Es gibt so Vieles zu entdecken
Ab und zu kommst du durch ein tiefes Tal
Aber du weißt ja schon
Danach geht es wieder aufwärts

Jeder Schritt ist einfach gelassener
Ruhiger, freier und vollständiger
Fülle ist da
Manchmal sehen wir sie nicht
Also Augen auf
Geliebter Wanderer

Was ist das nur -4-

Fotolia

Ohren sind zum **FEINHÖREN** da
Die Nase zum **ALLESWASDAISTRIECHEN**
Die Hände zum **NICHTNURANFASSEN**
Sondern zum spüren, fühlen, tasten
Und unsere Füße tragen uns überall hin
Sie wollen nicht nur gehen
Sondern auch mal springen
Tanzen, drehen und staksen

Alles ist in Verbindung, ist füreinander da
Nutze die Gelegenheit Dich einzulassen
So ist das Spiel des Lebens
Die Verantwortung liegt bei uns

Was kann denn schon passieren
Leben will gemeistert werden

Bist du bereit?

Sag ja zur Fülle, zum Glück
Lerne und gib weiter
Ein Leben lang
Wir sind Lernende und Lehrer

Was ist das nur -5-

Fotolia

Wenn du eines Tages
An deinem Ziel angekommen bist
Es wäre schön - wenn du dann sagen könntest

DANKE

Es hat sich gelohnt
Ich habe gerne und mit Freude gelebt
Ich habe meine Bestimmung
Und meinen Zweck erfüllt
Also, fangen wir gleich an
Ein Jeder für sich - in dieser Sekunde
Nichts mehr verschwenden - keine Zeit vertun.
Freudig die Gelegenheiten ergreifen
Bewusster sein
Jetzt sofort
JA - ich natürlich auch

Sonst macht es ja keinen Sinn

Macht des Lichtes - 1 –

999energy

Heerscharen der Macht
LICHT wird Euch nähren

Das ihr findet
Das Seelenheil

Und es bindet
Die üble Kraft

Sie geht verloren
Und es gewinnt
Die lichte Kraft

Der tausend Herzen
In **EINHEIT** geboren

Das macht stark
Und **SIE** geht nie verloren

Denn Macht ist dem
Licht gegeben
Für das Leben

FÜR DAS IMMERWÄHRENDE LEBEN

Mein Herz ist voll Liebe - 1 –

Fotolia

Mein Herz ist voll Liebe
Es fühlt sich mit der Kraft verbunden
Und mit dem Saft der Lebensstunden

Von Außen kam es nie
Dieses Glück
Im Innern fand ich jedoch
Stück für Stück

Diesen Boten
Diesen Faden, oft den Roten
Der sich zog durch mein ganzes Leben

Begann vor ewiger Zeit
Puhlte sich heraus
Erst dann war das Leben bereit
Sich zu zeigen

Und ich neige mich dem Leben zu

Mein Herz ist voll Liebe - 2 –

Eigenes Foto

Denn diese Hinwendung

Bekennung
Arbeit
Trennung
Tun und Lassen
Nichts hassen
Greifen
Fühlen
Spüren

Ein Leben in Höhen und Tiefen
Die Stimmen riefen:

Wie weit willst Du wandern
Um der Liebe zu hören
Es geschieht in Dir
Die Anerkennung derselben
Dieses Lösen des Alten
Dann kann das Band halten
Es wird sich verändern
Wird sich biegen
Nicht brechen

Mein Herz ist voll Liebe - 3 –

Eigenes Foto

Sag hiermit Dank allen
Die mich begleiten
Helfen und Halten

So gebe ich weiter
Bin gelassen und heiter
Bin gefasst, bis es heißt
Vom Leben zu scheiden

Doch zu Ende
Meine Lieben
Ist es noch nicht einmal dann
Energie kann niemals ins

Nichts

zerfließen.
Sich nur ändern
Und in neue Felder ergießen

Die Essenz des Nehmens und Gebens
Ausgleich tut gut
Ohne Erwartung

Mein Herz ist voll Liebe – 4 -

Eigenes Foto

Wer kann schon
Von sich sagen
Als Einziger habe er richtig
Gehandelt
Und alles perfekt
Gebandelt

So ist er
Der Mensch
Ein Quant
Mit Ecken und Kanten
Mit Rundung und Linie
Immer auf Erkundung
Kann man das Leben verstehen
Oder einfach nur gehen

So wünsch ich Allen hier das Beste
Jedem seinen Lebenstraum
Aufbau von Glück und Seelenheil
Denn sind wir nicht alle nur
Ein kleines Stück - Vom großen Teil

Indikator der Wahrheit - 1 –

Eigenes Foto

Indikator der Wahrheit fürs Leben
Ist es Dein eigenes Sein
Nur das eigene Leben

Dein Fühlen
Dein Wissen
Dein Sein
Dein Ausdruck
Dein Wort und
Dein Tun

Jeden Tag verändert sich das Leben
Nichts und Niemand ist beständig
Ist doch klar, und wenn doch
Wird er starr

DEINE Wahrheit heute?
Wahrheit morgen?
Ordnung und Prägung
Hoffnung und Segnung

Was willst Du in Erwägung ziehen
Dein Denken, das Dir Richtung gab
Es lenken auch Andere Dein Geschick

Indikator der Wahrheit - 2 –

Fotolia

Schau in den Spiegel Deines Lebens
Was im Außen Dir geschah
Es gibt ein Gegenstück

Zum Glück tief im Innern
Dass kannst DU heilen
Lösen und befreien

Dein göttliches Licht
Ist die Welle im Ozean
Dein Körper der Lebenskahn

Lass walten alte Bande
Die Dich halten
Und Dein Leben mitgestalten

Sind wie liebende Kräfte
Im Ausgleich
Sei reich

Glück erkennen lernen - 1 -

Fotolia

Siehst Du es
Spürst Du es
Das ganz kleine
Alltägliche GLÜCK

Oder suchst Du in der Ferne
Nur das große Glück
Im Außen wirst es nicht finden

Jeder sucht es
Jeder braucht es
Keiner will es missen
Keiner wird es je
Festhalten können

Manchmal braucht es doch nur ein
Lächeln um glücklich zu sein

Das wahre Glück kommt aus dem Herzen
Es fängt im Innern an
Denn die so genannten, wichtigen
Reichen Äußerlichkeiten
Können an sich nicht Glück verströmen

Glück erkennen lernen - 2 -

Fotolia

Das spürt man
Wenn sich etwas lang
Ersehntes - endlich erfüllt
Neues gilt es sich zu wünschen

Aber in einem trostlosen Augenblick
Ein liebes Wort - ein Lächeln
Zwei tröstende Hände
Ein offenes weites Herz

Und schon sieht alles
Anders aus - Hoffnung keimt auf
Findet den Weg
Glück und Zufriedenheit breiten sich aus
Und sei es auch nur für kurze Zeit

GLÜCK

Fotolia

Birg es und schau
Dann bau weiter am Lebenstraum

Der Schaum - den Du geträumt
Und versäumt hast - zu leben
Der platzt und ratzfatz

Stehst Du da allein gelassen
Kannst Glück nicht halten
Ist nicht zu fassen

Drum lebe jeden Tag
Ein kleines Stück
Vom vollen Glück

Und ist es nur ein Streicheln
Das Berühren der Haut dieses erbaut
Und jedermann schaut glücklicher aus

Mag es lodernd brennen - 1 –

Fotolia

Mag es lodernd brennen
Lebensstrang

In der Hitze der Glut
In entfachender Wut
All das Schlechte enthüllend
Was ewig sich verbarg
In tiefsten Tiefen
Sei stark

Vom Kern nach Außen
Wird es sich winden und regen
Wird abfließen und strömen
Erkannt und gebannt
Du **QUANT**

Als Mensch geboren
Ins Leben geworfen
Perle unter Perlen

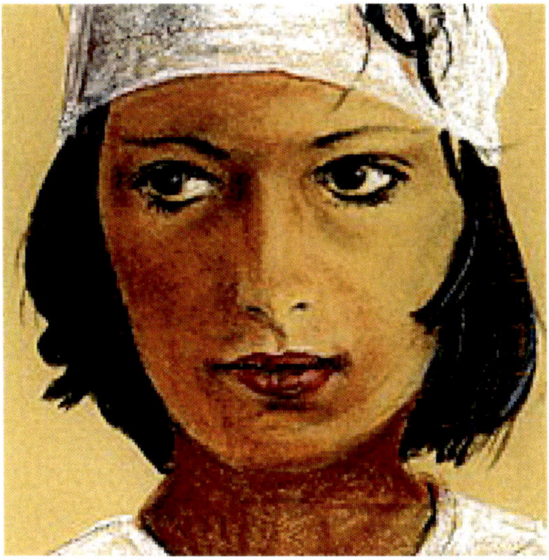

Bopp

Jeder Einzelne
ein anderer Schimmer
ein anderer Schliff

Vollendet
Schön
Kein Besser
Kein Schlechter
Anders
Ein Jeder
Im eigenen Gewand

Wird es je ein Maler
So vollendet malen
Ein Dichter ganz erfassen
Diese abertausend Facetten
Diese flammende Glut
Diese Kühle

Diese Lust am Leben
Jeder sieht sich anders
im Gestalten des eigenen Lebens

Mag es lodernd brennen - 3 –

Fotolia

Doch **MACHT** **i**st Dir gegeben

Durch Dein **TUN** **d**ein denkender und
kreisender „Geist" kann ruhen

Jetzt fühlt er sich in Gott geborgen
Kann sich hier – auf der Erde - entfalten
Kann sich zeigen und das Leben
Immer wieder neu gestalten

Möchte sich wiegen, tanzen
Mal verbiegen und strecken
Irgendwann wird er sich zeigen
Wofür er geboren

Kein Wort zuviel
Kein falsches Spiel
Er lebt sein

SEIN im SEIN

Vergessen ist das Angstbesessene
Versagen - Nichtvertrauen
Ohne Nachzufragen

Mag es lodernd brennen - 4 –

eigenes Foto

Die Gefahren lauern im Innern
Zeigen nur im Außen ihr Gesicht
Wie in einem Spiegel

Löse die Kraft
Die Freiheit schafft

Sie fließt ergießend
In tausend Gedanken
Dann, ohne Schranken

Geist zeigt sich
Ungebrochen und schön
Das Spiel
Geburt und Tod
Nehmen und Geben
Tun und Lassen - nichts hassen

Vernebeltes Gehirn
Dieses immerwährende Denken
Ohne rechtes Lenken

Mag es lodernd brennen - 5 –

Eigenes Bild - gemalt 2001

Lebe ein Leben
Im ewigen Streben
Nach dem Einen
Unvergleichlich Reinen

Im Hier und Jetzt kann's geschehen
So fülle den Kelch Deines Lebens
Aus der Quelle der Kraft
Die Wunder schafft

Ja, **DU** bist gemeint
Ein Jeder für sich
Schau und bau
An Deinen Lebenstraum

Das eigene Haus
Sinn des Lebens
Kostbar und Fein
Es brennt sich ein

Es scheint im Nachhinein
Als ob nie etwas VERGEBENS geschah
In Deinem und auch meinem Leben

Nicht gewolltes Kind -1-

Fotolia

Rennst Du immer noch hinterher
Der Liebe nach - Wirst SIE nie

BEGREIFEN
Weder **BEHALTEN**
Noch **ERFAHREN**

Wie unendlich leer ist dein Lebenstopf
Dein Körpergefäß - dein denkender Kopf

Nichts ist da - um es zu fassen
Nichtvertrauen - auf Sand bauen
Es rieselt wieder - ins Nichts zurück

GLÜCK

Doch nicht für Dich

Tun Nun - Wie Nie

Nichts, hat für immer Bestand
Doch es fand deine Seele dieses Körper-Lebens-Band

Dieses Feine und Geheime ist nun das Deine

Nicht gewolltes Kind -2-

Fotolia

Doch, wenn Du es erlaubst
Und an Dich glaubst

Kann das Leben für Dich blühen
Lebensfunken glühen

Erst glimmt es
Dann stimmt es

So geht es millimeterweit
Und es reiht sich ein

Der immerwährende Schein
Er war und ist ein Stück vor Dir
Und leuchtet doch in Dir und mir

Kannst Du es
Fühlen
Sehen
Dann wirst Du gehen
In deinen ureigenen Schritten

Leben, einfach Leben
Denn verstehen
Kannst Du es nie

Eindrücke -1-

Bopp

Sah das Meer unter mir
Aus großen Höhen
Schaumkronen verteilend
Sonnennetze ziehend
Und eilend die Zeit
Doch blieb sie fast stehen

Auch die Spitzen der Berge
Konnte ich sehen
Schneidend wie Stahl
Sich endlos erhebend
Im auf und ab
Innerlich bebend

Gesichert im Flugzeug
Ein bisschen Stahl
Und Lötstellen
Flügel und Motoren
Steuerungswinkel durchdacht
Und es erhebt sich in die Lüfte
Ganz sacht

Eindrücke -2-

eigenes Foto

Alles zum Greifen so nah
Und doch so fern
Schnee auf den Bergen
Und Schaumkronen im Meer

Sitze am Fenster
Bin gerührt und will mehr
Mehr erfassen von der
Zeitlosigkeit

Wie schön ist die Welt
Und das Meer
Eine tiefe Heiterkeit
Ward aus mir geboren

Für Stunden verklungen
All die Hast und die Last
Von meinen Schultern fällt es
Und es stellt sich ein

Ein Erhabensein
Und Demut für die Natur

Gefühle steif und eingefroren -1-

Fotolia

Verletzende Begegnungen

Mit Verlaub
Ich muß es Ihnen einfach sagen:
So einem wie Ihnen bin ich noch nie begegnet

Starres, steifes Menschengerüst
Kann man Sie erreichen – Irgendwann - Erlösung

„Ein Egomensch und sein Denken"

Gefühle, steif gefroren

Er will ergründen
Ohne zu finden
Will verletzen
Und auch mal hetzen

Denn dann fühl er sich gut
Nur darauf kommt es ihm an
Dass niemand sieht
Den armen Mann

Er steht da und weint
Aber nur innen drin
Denn es scheint ja im Außen
Die Sonne - Sie brennt
Ohne ihn zu wärmen

Gefühle, steif gefroren – 2 -

Fotolia

Berührt nur die erste Schicht
Die Schicht der äußeren Haut
Sie bekommt alles

Die ganze Zuwendung
Was, Ihr nennt es Verblendung

Es ist doch innen kalt
Aber diese Kühle hilft
Weiterzumachen
Und auch mal zu lachen

Denn **Sicherheit**
Ist für ihn wichtig
Und zwar jeden Tag
Will alles überschauen
Planen, halten, bauen

Ausgrenzen das lebendige Sein
So lässt es sich halbwegs sicher leben
Und dann erstmal schauen
Wie ein Leben gelebt wird
Ganz ohne Gefahren

Nur mit hohlem Gebaren

Gefühle, steif gefroren – 3 -

Eigenes Foto

Er kann alles ausschalten
Will alleine walten

Schließlich geht es um seine Person
Sie gilt es am Leben zu halten

Er ist der Fels, ein kühler Block
Andere um ihn und sein Denken

Sind wie Fliegen - Ihnen gilt es
Das lästige Werk zu beenden

Denn ER – ER hat sich eingerichtet
Sein Tun und Walten

Ist der Mittelpunkt - Seiner Welt
Denn nur daran kann er sich halten

Gefühle fühlen
Oh, weh, bloß nichts bewegen

Denn dann kann's geschehen
Das alles zerbricht

Denn es sticht
Ab und zu schon gewaltig

Gefühle steif gefroren – 4 -

Fotolia

Doch der Fels auf dem er steht
Zum WEITERBAUEN

Ist er noch stark genug um ihn zu halten
Lasst ihn nur ruhig weiter walten

Und ist er auch in Augen Anderer
Ein armer Tropf

Es gibt wohl keinen passenden Deckel
Auf diesen spurgetreuen Topf

Eigentlich will er ja und kann noch nicht
Vielleicht heilt ja die Zeit

Irgendwann seine Wunden
Doch zu tief verletzt ist sein Sein

So bleibt er lieber noch allein

Ja, die Lebenslust - 1 –

Fotolia

Für den Einen
Einfach Frust
Für den Andren
Pure Lust
Lust am Leben
Sich Bewegen
Auch mal matt
Und ohne Glanz
Weiter geht es im
Lebenstanz
So verschieden
Sie auch sind
Mann und Frau
Sind auch
Noch KIND
Tief im Innern
Lebt es verborgen
Will nur Beachtung
Ohne Sorgen

Ja, die Lebenslust - 2 –

Bopp

Auch der Teenie jubelt
Auch im Alter
Gib doch Acht
Siehe doch
Ganz sacht

Kommen die Cocktails
Voller Emotionen
Die sich heute
Auch noch lohnen

Ja, warum denn nicht
Wer spricht es einem ab
Wie gehabt
Was man tut
Und was nicht

Die Gefühle
Das Gewühle
Diese Schwüle

Der Gedanken
Kennen nun mal
Keine Schranken

Ja, die Lebenslust -3-

Fotolia

Auf der Lebensleiter
Immer heiter
Geht es weiter
Wäre doch gelacht
Wenn nicht so gedacht

In all den Jahren
Viel erfahren
Und gesammelt
Hört es nicht auf
Und zu hauf
Zählen die Stunden
Die wir

HIER

Noch umrunden
Drum lasst uns
Alles pur erleben
Und strahlen wie
Ein Stein
So golden und rein

Ja, die Lebenslust -4-

Fotolia

Solange wir im Leben stehen
ES - Das andere Sein
Noch nicht von unten sehn

ES
Das ist doch NUR
Einen Meter tief
Oder auch mehr

ABER
Die kühle Erdenschicht
Sie rief uns doch noch nicht

So lasst uns doch mit
Unseren Schritten gehen
Wir wollen, so gut es geht
Alles noch verstehen
Was wir in unserem Leben sehen

Spaß soll es machen
Und auch mehr
Wir freuen uns auf eine Wiederkehr

Möchte gerne, aber wie - 1 -

Fotolia

Möchte gerne - aber wie.
Schaffe es ich nie - das zu tun.
Die Gedanken ruhen tief in mir

ES einmal auszuleben.
Wag ich es nie - möchte gerne
Aber wie?

Wie kommt der Tag - Nach der Nacht
Ganz sacht, leis und still
Im Morgengrauen

So will ich auch
Mich einfach trauen
Zu lang gewartet

Aufgewacht
Und die Nacht
Zum Tag gemacht

Möchte gerne, aber wie - 2 -

Bopp

Hab Vieles schon gesehen
Alles schon gemacht
Kinder groß gezogen
Mit ihnen geweint und gelacht
Alle Hunde, die wir hatten
waren lieb und treu!

Meine gute Ehe
Ein Viertel Jahrhundert
Gelebt mit allen - Hochs und Tiefs
Sollt halten diese Zeit
Nun bin ich bereit
Auch andere Wege zu gehen

Das Leben hört nicht auf
Manches nimmt erst dann seinen Lauf
Und ich nehme es in Kauf
Das neue Leben
Drum aufgewacht, all Ihr Lieben
Und es stieben jetzt die Funken

Möchte gerne, aber wie - 3 -

Bopp

Es ist noch nicht vorbei
Das Lebens-Einerlei
Immer hurtig * Immer weiter

Auf der Lebensleiter
Einmal angefangen, wie im Labyrinth
Drehen wir uns im Kreise, und geschwind

Werden sehen, wohin es uns führt
Denn es gebührt nur unseren
Lebensfunken zu erhalten

Allein die **EINE** Kraft, die es schafft
Den wundersamen Geist-Gottes-Funken
Zu erhalten und sich paart mit unserer Seelenkraft,

Dann vereint sich Körper und Gottes-Geist
Und das heißt - Einfach

LEBEN

Wünsche - 1 –

Eigenes Foto

Wünsche auszubrechen
Aus der Last der Jahre
Mit all dem Gehabe und Gelabere
Kaum war ich draußen
Hab vieles gesehen
Ganz klein wurde ICH auf einmal
Was war geschehen

Meine Flügel gestutzt
Möcht gar nicht mehr fliegen
Mich nicht mehr erheben
Noch richtig Leben
Muss mich erholen
Und es wird wahr
Meine Zweifel waren
Und sind immer noch da

War es so richtig?
Und auch wichtig?
Das alles zu tun
Ich dacht
Ich müsst einfach mal ruhen

Wünsche - 2 –

Bopp

Die Tiefe und Kraft erkunden
Und ankommen in mir

Lebenskräfte wieder fühlen
Meine Stärke spüren

Nun, ich bin wieder da
Und es wird klar

Das, was ich gedacht
Und gefühlt

Wird nun gemacht
Und es kühlt

Meinen Geist

Für etwas war es gut
Und auch schlau,

Nein, eher war es Gedankenklau
Schon oft gelesen

Wäre doch gelacht
Nun endlich selbst gemacht

Wünsche - 3 -

Bopp

Ich leb es aus
Geh mehr aus dem Haus
Und bin nicht nur
Die graue Maus
Die nur piepst
Und sich nichts traut

Nein, es braut
Sich was zusammen
Und ich bin mittendrin
Und doch gefangen
Noch macht es Spaß
Die Wege zu gehen
Und nicht nur dumm rum zustehen

Neues gibt es zu entdecken
Wenn auch manchmal mit
Erheblichen Schrecken
Die Sicherheit
Die gab es ja nie
Manchmal war ich am Ende
Und behände
Griff meine Hand nach dem Strohhalm
Wie nach einem Psalm

Wünsche - 3 -

Fotolia

Es ging dann weiter
Mal wolkig bis heiter
Unergründlich waren die Lebensstrecken
Manchmal auch wie Dornenhecken
Dann war es wieder glatt wie Eis
Sie weckten meinen Lebensgeist

Schaute knapp über den Tellerrand
Und machte mich bekannt
Drum sei klug
Und setz den Fuß
Und ich den meinen
Immer hübsch nacheinander

Dann kann der Lebensweg
Sich gestalten
Große Kräfte walten
Ich glaube
Das, was wir hier sollen
Und auch wollen
Schrieb unsere Seele
Vor langer Zeit
Für die Ewigkeit

Fotolia

Körper

Deine Seele will fliegen
Sich nicht nur begrenzen
In Statuten und Regeln
Will nicht brach liegen

Möchte sich ausbreiten und fliegen
Mit Deinem Geist reisen und reiten
Wie der feurigste Rappe
Etappe für Etappe

Lass ihn sich Dir zeigen
Diesen, Deinen Geist
Er wird Dir dienen
Dein Leben mitgestalten
Universelle Seelenkräfte walten

Dein Gefährt Körper
Bringt Dich an die Grenzen
In welchen Lenzen Du gerade bist
Ist ihm egal
Hauptsache nicht schal

Seelenkraft -2-

Eigenes Foto

Der Geschmack von Routine?
Langeweile?

Trübe Resignation?
Seelenton?

Dein Lebenston soll klingen
Jeden Tag und auch bei Nacht

Bist Du mit der Seele verbunden
In wunderschönen Stunden

Habe Mut und auch die Kraft
Du wirst sehen

Wundersames schafft
Sich Raum in Deinem Leben

Wie ich Gott erklären kann -1-

Eigenes Foto

Wie der Flügelschlag
Eines Adlers
Einer Taube
Oder das kraftvolle Auffliegen
Eines Schwanes

Kraftvoll, weiß und rein
Die Ausbreitung der Schwingen
Weit, dynamisch, schnell
Wird der Flug gelingen

Gottes Worte klingen

So ist ein Wachsen in MIR und in DIR
Denn Du bist ICH - Und ICH bin DU
Es hat nie etwas Anderes gegeben

Ich bin in Dir gewesen
Schau durch Deine Augen
War vor der Welt da
Sei im Vertrauen
Nun will ich schauen
Mit Dir - Geliebtes Kind

Wie ich Gott erklären kann -2-

Fotolia

Lass uns gemeinsam leben
Statt einsam zu sein und allein

Mit Licht im Herzen und Leidenschaft
Fürs Leben voran mit voller Kraft
Erfreuen wir uns an Kleinigkeiten

Wie schön ist der Baum
Das Feld
Das Blümchen am Wegesrand
Nichts Großes
Nein
Unscheinbar lugt es hervor
Zart und biegsam trotzt es den Gewalten
Dort geboren in seiner Pracht
Es gestalten Windeskräfte und ach
Auch Regen und Sonnenschein

Weiß nichts um seinen zarten Duft
Zeigt seine reinweißen Blüten
Manchmal wächst es, wie verloren
Und blüht doch wie auserkoren
Die Schönste zu sein

Wie ich Gott erklären kann -3-

Fotolia

Auch das Pferd auf der Weide
Grasend jeden Tag
So anmutig und schön
Ist es anzusehen

Hebt langsam den Kopf und
Ich schau in große Seelenaugen
Die zum Liebhaben einfach nur taugen

Ich könnt mich verlieren in diese Augen
Bin weit weg um Ruhe zu saugen
Aus der Natur, den Tieren, den Pflanzen
Dem Wasser und dem Ganzen

Auch die Rose
Sie blüht so schön
So vollendet und klar
Und ich nehme ES wahr

Das Göttliche in Allem zu sehen
Das ist die Kraft, die es schafft
Den Raum und die Zeit
Zu überbrücken

Und es bleibt
Ein Hauch übrig
Von ALLEM in der Ewigkeit

Eigenes Foto

Und Jedem das Seine

Es ist so viel
Denn es ist uns gegeben
zu LEBEN

Das Beste zu machen
Und natürlich auch
Oft zu lachen

So denk ich
Gott ist in Allem
Im Blatt wie im Stein

Auch in unserem Herzen
Drum lasst all die
Schmerzen vergehen

Habe Mut
Zu Leben
Dich einzulassen

Und einzupassen
In das Göttliche
Das ALLES umfasst

Eigenes Foto

Nur eine Tür. Dahinter lebten wir, Hund, Katz und Mensch.
Mal gute und mal weniger gute Tage, aber wir lebten gemeinsam.
Konnten teilen – Uns einander erfreuen – Spielen, lachen, toben und SEIN.
Das war einmal. Nun ist mein Lebensmittelpunkt woanders.
Im gleichen Ort * Bei meinem lieben Mann Oswald

Wald und Wind – 1 –

Fotolia

Wald und Wind
Lass Dich berühren und heilen
Geliebtes Kind
Im Grase liegend
Und träumend vom Wind
Die Zeit eilt vorbei, geschwind

Achte auf das Wundersame
Nicht nur an sonnenwarmen Tagen
Es ist viel mehr - magst Du es wagen

Baumwipfel singen
Blütenglöckchen klingen
Behüten Deinen Schlaf

Menschenzelle - Sonnenstrahl
Jeder hat die Wahl
Wähle gut und richtig, denn es ist wichtig

Nicht nur dass als wahr zu nehmen
Was Dein Auge sieht
Auf feinsten Geistesebenen Erbauendes geschieht

Alles ist mit Allem verbunden
Manchmal in wundersamen Stunden
Spürst Du nicht die heilende Kraft, die es schafft

Den Raum und die Zeit zu überbrücken
In Stücken nur wirst Du es gewahr
Hinter Nebelschwaden Beglückendes zu schauen
Es bauen Gotteskräfte Dein Vertrauen

Wald und Wind – 2 -

Fotolia

Innen drin und im Außen
Nimm es wahr
Dann wird´s Dir klar
Egal was Dir geschah
Es diente Dir
Als Stück vom Ganzen
Das Puzzleteil
Was fehlte
Nun ist es da

Es wird klarer bis klar
Es ist ein einfaches Bild
Das stillt Deinen Hunger
Nach einem Wunder
Ganz einfach ist es
Schau es Dir an
Denn es begann

Vor langer Zeit
Und doch bleibt ein Stück übrig
Aus und von der Ewigkeit

Seelenverwandte - 1 -

Fotolia

Manchmal bröckelt das Leben
Stück für Stück
Kein Kitt der Welt
Kann es zusammen halten

Trübe Lebenstage gestalten eine Zeitlang
Deinen Weg, einen Neuanfang,
wahrlich ein schwerer Gang

In Frage stellen
Das ganze Leben
Sinn erfragen
Sind es Lebenslagen?

Die einfach gelebt werden müssen
Möchte küssen
Nicht vermissen

Neubeginn
Neuer Sinn
Ich frage mich
Wie finde ich gerade Dich

Seelenverwandte - 2 -

Fotolia

Diesen Einen
Der mit mir lachen und weinen kann
Diesen vertrauten Seelenverwandten
Mit Ecken und Kanten
Mit Liebe im Herzen
Denn Weltenschmerzen
Ertragen sich leichter
Zu zweit – Bist Du bereit

Erkennen wir uns wieder
Ist es nur ein ferner Wunsch
Im Geist wir doch riefen
Durchlebt haben die Höhen und Tiefen

Uns zu finden, eines Tages
Hier im Erdenrund
Um den Bund
Zu wagen

Auch an trüben Tagen
Herz an Herz und Hand in Hand
Wieder soll sich finden
Unser feinstes Seelenband

Grundbedürfnisse - 1 -

Fotolia

Reich oder Arm
Zu zweit oder Allein
Allein oder Einsam

Mensch und Tier
Jeder hat ein
Grundbedürfnis nach:

Geborgenheit
Wärme
Nähe

Anerkennung
Liebe
Zuneigung

Berührung
Vertrauen
Aufbauen

Fotolia

Oder auch mehr

Seelenpartnerschaft

Einlassen - Hingabe
Eins Sein

All Eins Sein
Verschmelzung
Auflösung

Einverstanden sein
Berührt sein
Vertraut sein

Sich verstanden fühlen
Sich geborgen fühlen
Sich sicher fühlen

Freude teilen
Glück teilen
Liebe teilen

Lasst es uns alles erkennen und fördern in uns

Fokus

Fotolia

Vergangenheit - Zukunft
Wir leben im
Hier und Jetzt

Wollen wir

Aus jedem Tag
Das Beste machen

Aus jedem Wort
Das Gute geben

Aus jeder Tat
Das Glück vergrößern

Aus jeder Nacht
Das Größte erträumen

Aus jeglichem Leben
Das Potential anerkennen

Sprüche -1-

Fotolia

Nur Worte

Große Worte dünken schwer
Kleine Gesten gefallen dagegen sehr

Falsche Worte liegen lang im Ohr
So mancher den Glauben dafür schon verlor

Bringt etwas den Verstand im Kreis sich zu drehen
Frische Winde wollen dann wehen

Worte mit Gefühl verbunden
Helfen auch in trostlosen Stunden

Hände trösten und auch mehr
Wollen keine Gegenwehr

Haste, Biste, Kannste
Spiegelt sich im Wamste

Worte – Reih um Reih
Nichts Gescheites dabei?

Einfach mal das EINFACHE machen
Zum Beispiel - Lesen und Lachen

Ehrlich sein zu sich und gut
Rauskehren Lug und Trug

Im Gleichgewicht zu sein
Auch in Not und Pein

Sprüche - 2 –

Fotolia

Stille, Klarheit und auch Heiterkeit
Echt und wahr, dann wird es klar
*
Am Horizont und innen drin
Wird es Licht und Neubeginn
*
Dann wollen Worte keine Lügen
Sich nicht mehr selbst betrügen
*
Bist du autark – Bist du stark
Liebe deinen Grund und Boden – Leben wird sich lohnen
*
Selbst bestimmend gehen seinen Weg
Mehr fühlend sich bewegen, wie auf einem wankenden Steg
*
Nicht immer kann man alles verstehen
Nur mit den eigenen Schritten kann man gehen
*
Achtung und Liebe sind wie Siebe
Sie rieseln einfach, sanft und fein
*
Stäuben sich auf groß und klein
Liebe will leben und Beachtung geben
*
Zart, fein, gewaltig, rein

Zeit

Fotolia

Was ist Zeit
Die Abhandlung von
Stunden, Tagen, Wochen, Monaten

Geht es Dir, ebenso wie mir
Manchmal empfinde ich die Zeit
Als lang, dann wieder als zu kurz

ZEIT ist wie Kaugummi
Oder Brausepulver
Dehnbar oder prickelnd

Egal, es ist an der Zeit
Die Zeit so sein zu lassen
Wie sie ist
Zeitlos

Das Tun

Fotolia

NICHT TUN

hat

nichts

mit

NICHTS TUN

zu tun

Ein Lächeln - 1 -

Mops Amor re.* Molly * Finchen li. * Drei, die sich verstehen * ksdesign

Ein Lächeln liegt auf deinem Gesicht
Dein Lächeln verändert meine Welt
Inneres Lächeln erlöst
Gibt mir die Stille zurück
In der ich Zuhause bin

Stille erfahren in mir
Sie klingt - Sie singt
Und doch ist Stille in mir

Stille ist wie die Ausdehnung in der Welt
Im Bruchteil aller Möglichkeiten
Erklingt der leise Ton
Aus tausend Welten
Vereint in meinem Sein

Ich nehme es wahr
Und doch ist Stille in mir
Ein Lächeln nur und ich vergeh
Denn es verändert meine Welt

Ein Lächeln - 2 -

Fotolia

Diese Stille schmeckt süß
Altes geht - Neues entsteht
Segen kommt ganz von allein

Weder hasten noch rufen
Kein Suchen
Nur SEIN

Ein Lächeln von dir
Verändert die Welt
Und auch die Meine

Der Mensch vergisst
Denn er vermisst
Sein inneres Leuchten
Das innerste Licht

Dieses Licht könnte strahlen
Es ward ihm gegeben, im Menschen zu leben
Nun glimmt es verborgen
Wird beschattet durch Sorgen

Ein Lächeln - 3 -

Fotolia

Doch es ist da, so rein und klar

Noch ist es ungeboren, darf sich nicht zeigen
Möchte aufleben und Wege weisen

Wartet auf ein Erinnern im Weltenglimmer

Gnadenvoller Strahl kommt sanft hervor
Dringt ein in das volle Leben

Es ward dem Menschen gegeben

In diesem Lichte zu leben
Auch sich zu erkennen in der Dunkelheit

Um Entscheidungen zu treffen in Gleichmut und Heiterkeit

Ein Lächeln öffnet so manches Herz
Und bringt den Menschen heimwärts

Immer noch bedeutet dieser Spruch so viel

Der Weg ist das Ziel

Eigenes Bild – ausgemaltes Mandala

Rente - 1 -

Fotolia

Rente erreicht
Und nun
Was gibt es zu TUN

Nichts, o. k.
Dann
erstmal ausruhen
und dann TUN

Aber dann
Nach dem Ausruhen
Was gibt es zu tun -Nichts
Nein, will nicht mehr ausruhen

Körper wird schlapp
Zu faul die Glieder
Sinn geht verloren
Nichts wird auserkoren

Was macht mir Spaß
Wo liegt mein Sinn
Nun, warum nicht
Vielleicht
Im Neubeginn?

Rente - 2 –

Fotolia

Basteln, kochen, stricken
Alles schon gemacht
Hätte nie gedacht
Auszuleben nur die meinige Kraft

Die Macht der eigenen Gedanken
In der ureigenen Zeit
Es gibt jetzt keine Zeit-Schranken
Nur noch Zeit zum Danken

Wo geht es jetzt lang? * Was ist zu tun?
Vielleicht Ehrenamt und nun
Mich nicht so wichtig nehmen
Sondern geben und miteinander sein
Meinen Lebenssonnenschein, einfach weiter geben

Bin mehr in der Mitte, ohne Hast und Eile
Habe noch keine Langeweile
Zufrieden sein und mehr
Den Lebensherbst genießen

Denn es sprießt gerade auch
Aus alten Rebenstöcken
Immer wieder neues Leben
Kann es etwas Besseres geben

Unruh und Sein lassen – in Liebe - 1 -

eigenes Foto

Was ist das in mir
Was gibt keine Ruh
Denkt immer nur an das TUN
Bloß nicht ruhen

Immer was machen müssen
Wie auf der Hatz
Immer etwas bewegen
Und sich fleißig regen
Bringt dass denn den alleinigen Segen?

Schau in den Himmel, siehe doch
Die Sonne bricht durch die Wolken hervor
Und vergoldet jeden Tag
Wage doch zu leben diesen Tag

Als wäre er der Letzte

Berührt ein Sonnenstrahl deine Haut
Das prickelt und erbaut Herz und Seele

Wähle

Unruh und Sein lassen – in Liebe - 2 -

eigenes Foto

Jeden Tag diesen Spagat
Himmel und Erde
Machen und Lassen
Tun und Ruhen
Lachen und Weinen
Vereinen und Trennen
Rennen und Träumen

Aber nie versäumen
Das Schönste zu sehen
Einfach jeden Tag
Die Welt ist so schön
Unendlich und eng
Besinnlich und streng, wie
Wachen und Schlafen
Lieben und Hassen
Tun und Lassen
Hoffen und Wissen

Zwei Seiten einer Münze
Wie wird sie geworfen
Wo schaut das Auge hin
Was nimmst Du wahr
Was ist Dir klar

Unruh und Sein lassen – in Liebe - 3 -

gezeichnet von Cornelia Arras

Denke nur - Ein Wellengang
Mal unten - Dann oben
Immer bewegend
Immer regend

An manchen Tagen
Glatt wie ein Spiegel

Das Wasser fragt nicht
Es Ist einfach da
Und manchmal so klar
Wie ein Spiegel

So unendlich tief
Dunkel und Geheimnisvoll
Erklingen in uns Lebensmelodien
Vergleichbar in Dur und Moll

Wie eine schöne Geliebte
Sich öffnet in besonderen Stunden
Es ist ein Himmelsgeschenk

Unruh und Sein lassen – in Liebe - 4 -

Foto Monika R.

Das Schicksal lenkt
Die Schritte der Beiden
Können sie sich vereinen
Im unendlichen Sein

Gemeinsames Wiegen
Und lecken
Der Wunden
Die sie sich geschlagen

Haben

Im Laufe der Zeit
Nun sind sie bereit
Auch mal andere Wege zu gehen
Sie bleiben nicht stehen

Mag der göttliche Segen
Sich auf ihre Häupter legen
Und aus ihrer Seelen Quelle
Sprühen nun neu geborene Liebeswellen

Unruh und Sein lassen – in Liebe - 5 -

eigenes Foto

Auf dass zwei Menschen
Hier glücklich sind

Geschwind eilt die Zeit vorbei
Bedenket doch, ein Erdenleben

Wird nicht als ewig hier gegeben
Liebesmächte webten dieses Band

Und es hält stand
Allen Wirrungen und Irrungen

Die Liebe glaube ich
Ist der größte Segen

Den sich zwei Menschen geben können
Hier auf Erden

Zellen Liebe - 1 -

Fotolia

Mein Dank an die Zellen

Liebste Zelle
Ein ganzes Universum ist in dir
Ich liebe Dich
Schöpfungskraft in mir
50 Billionen Zellen sind es
Eine unvorstellbare Zahl, kluge Wahl,
Im Körper verteilt, na klar

Nehme ich Dich eigentlich wahr
Nein, lieber Körper sowie Zelle
Du funktionierst – einfach so
Abgestimmte Perfektion
Nur, wenn´s mal nicht so klappt
Dann merke ich auf und staune
Du machst schlapp

Kannst du – oder willst du nicht mehr
Alles zu viel - müde und schlaff
Träge, ohne Lust - ich bin baff

Zellen Liebe - 2 -

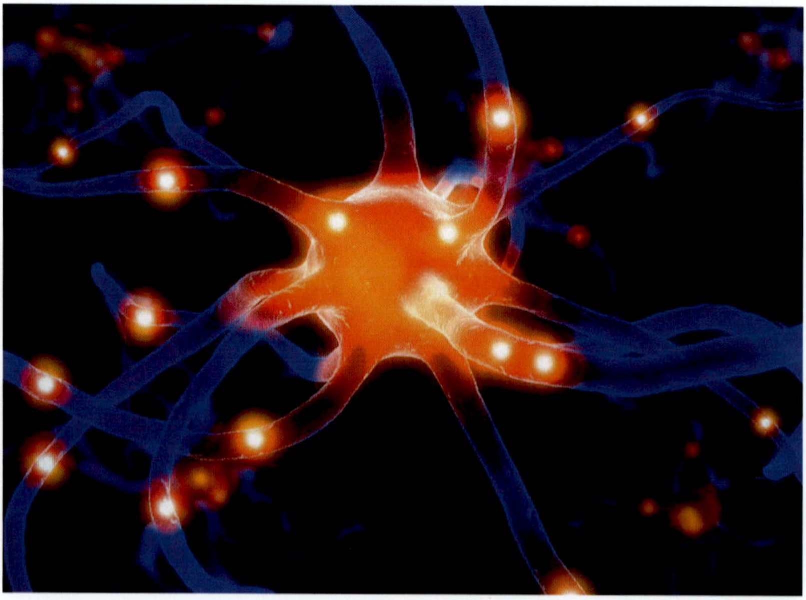

Fotolia

Diese Vielzahl von unendlichen Möglichkeiten
Lebe ich diese Anbindung an den Geist
Der erschaffen kann

Wann?

Jeden Tag auf das Neue
Ohne Rast und ohne Ruh
Schafft Körper-Geist-Bewusstsein
Neue Zellen, gesund und rein

Wie ein Wunder
Düngt es mir
Das sich alles so fügt
Und zusammen spielt

All die Neuronen, Nerven und Hormone
Exzellent ist der Geist, der weiß, wo was hingehört
Darum lieb ich Dich und danke Dir
Körperzelle, die du bist in mir

Große Liebe - 1 -

Fotolia

Große Liebe
Großer Schmerz

Keine Liebe
Ohne Herz

Noch mehr Schmerz
Berg- und Talfahrt

Im Sauseschritt
Wer kommt mit

Das ist der Hit, im Lebenswellenschritt
Man kann das Leben nicht im voraus sehen

Jeder kann nur gehen
Irgendwann wird er verstehen

Wenn es ausgelebt und ausgeliebt
Schleier schiebt sich vor die Augen

Können auf einmal sich selber nicht mehr trauen
Wollten doch das gemeinsame Leben in Liebe aufbauen

Große Liebe - 2 -

Fotolia

Wie – Was – Warum – Es geschah

Alles erscheint auf einmal fremd
Und fernbestimmt

Das Leben nimmt einem auf einmal die Luft

Es pufft ganz gewaltig und nachhaltig
Gedanken kreisen ohne rechten Wert

Es war nicht verkehrt
Hatte doch seinen Wert

Das Lebensschiff fährt
Eben einfach wie es will

Findet dann, mit Glück einen Hafen, ganz still
Kann dort liegen bleiben

Neue Gefühle reiben sich
Und es schäumt die Gischt

Im Wellental der Liebe

Der ganz besonderen Liebe
Die sich immer wieder lohnt

Denn es schont die Herzen
Endlich können sie lieben ohne Schmerzen

Waldspaziergang - 1 -

Fotolia

So ein kleines weißes Blütchen
So zart, so rein, wie kann das sein
Leuchtet im moosigen Grund
Im Bund und noch sonnenverwöhnt

Aber ach, die Regentropfen,
Sie prasseln bald herab
Und dann auch noch gebeutelt vom Wind
Blümchen wird sich beugen müssen - geschwind

Es ist immer noch da, verletzbar
Doch biegsam und klar
Vollendet in seiner Pracht
Mein Herz singt und lacht

Wie ein Wunder düngt es mir
Bin verzaubert und stehe davor
Höre den Chor des lebendigen Waldes
Vogelstimmen brechen hervor

Waldspaziergang - 2 -

Fotolia

Liebe den Wald und seine Bewohner
Mein Gemüt freut sich
Ein Tag im Wald, ich komme bald
Und immer wieder

Summe meine Herzenslieder
Sehe mit leuchtenden Augen
Die Farben und Formen aufsaugen
Fühle mich reich und beschenkt

Bedenkt, es ist doch nur ein Tag im Wald
Doch halt, vielleicht auch mehr
Das Auge sieht, doch es geschieht
Viel mehr auf feinsten Seelenebenen

Der Körper singt sein
Seelen-Geist-Liebes-Lied
Große Freude kommt durch die Waldesstille
Um zu erfüllen jedes Herz in absoluter Liebesfülle

Waldspaziergang - 3 -

Fotolia

Diese Fülle
beschenkt mein Herz
Und der Schmerz, den ich empfand
Über all die Schatten dieser Welt
Verschwand mehr und mehr

Des Waldes Lichterband leuchtet sehr
Und immer mehr
Bin auch ich bereit es zu wagen
An allen Tagen, all dass zu teilen

Kein beeilen, ohne Hast
Mit Ruh und sonnigem Gemüt
So berührt es mich im Tiefsten meiner Seele
Ja, ich wähle

Liebe und Licht zu sein

Wie ein Regenbogen im Sonnenschein

Ist das Unendliche endlich - 1 -

Fotolia

Höre auf zu suchen
Sei einfach
Denn Du bist alles schon
Du bist schon angekommen
Obwohl es gar kein Ankommen gibt
Nur im Verstandesfühlen
Gibt es ein Angekommensein

Was brauchst Du
Was willst Du
Was bist Du

Wer bist Du
Wer will es in Dir
Wer braucht es in Dir

Wohin willst Du?
Wie weit willst Du noch gehen?
Was willst Du alles noch erfahren?

Komme an, Du bist schon längst am Ziel
Dein Weg war Dein Ziel

Ist das Unendliche endlich - 2 -

Eigenes Logo - Bopp

Höre auf DICH zu suchen
Fange an im
Nichts Tun Müssen
SEI einfach

Werde still, es geschieht in Dir
Lass es still werden in Dir
Liebkose die Stille in Dir

Du bist reich und alles ist gut
Löse Dich von Illusionen und dem Nebulösen
Stimme Deine feineren Körper ein und

WERDE DER, DER DU BIST

Sei Der oder Die
Du immer schon warst
In Deinem Geiste bist Du
Da bist Du Zuhause
Und das Zuhause ist Hier und Jetzt

In diesem Körper
Mit diesem Geist
In Verbindung mit Deiner Seele

Ist das Unendliche endlich - 1 -

Cornelia Arras

Du bist Geist
Und Du hast diesen Körper

Du bist aber nicht der Körper

Du bist ein geistiges Wesen
Benutzt den Körper als Gefährt
Achte, liebe und pflege ihn
So gehört es sich, so ist es gut

Du pflegst ja auch Dein Auto, oder auch nicht
Pflegst Dein Haus, die Wohnung, oder auch nicht

Du bist aber nicht das Haus und die Wohnung
Du benutzt alles in Liebe und Achtung

So achte auch Deinen Körper
Gib ihm die Aufmerksamkeit
Er braucht Deine Liebe und Zuwendung

Pflege Deine Seele in diesem Körper
Lass sie sich erfreuen, jeden Tag
An der Natur - An Alltagsdingen

Ist das Unendliche endlich - 3 -

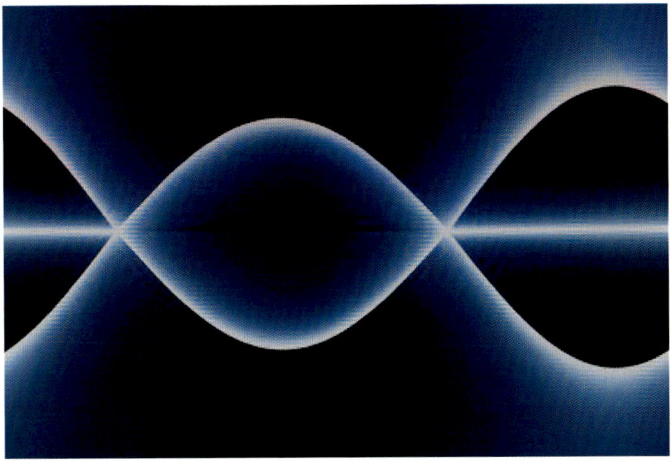

Fotolia

Pflege auch Deinen Geist, schule ihn
So dass er sich erbauen kann, erfreuen kann
An Dir und an Deinem hier gelebten Leben

Sehe in anderen Menschen auch Dich selbst
Erkenne diese Spiegelung Deines
Wunderbaren Selbstes
Bei Nichtgefallen!
Achte auf eigene Gedanken
Auf Deine Emotionen
Alles kommt aus Dir und geht zurück zu Dir

Du gibst es nur nach Draußen
In die Welt

Schau in die unendliche Tiefe
Deines Seins
Nimm diese Tiefe an
Nimm Deine Ängste und Schatten an
Sie verblassen dann

Mit all Deinen Facetten
Nimm Dich an
Denn Du bist einmalig

Ist das Unendliche endlich - 4 -

eigenes Foto

Das Gleiche gilt für mich.
Denn alles was ich je niederschrieb
nahm Einfluss auf mein Leben

Ich durchlebte Jahre später meine einst
des Nachts empfangenden Träume.
Oft war ich sehr erstaunt, aber es drängte mich

Dieses nach draußen, in die Welt zu geben.
Es fühlte sich gut an, war stimmig.

So weit wie das Universum nach draußen geht
So tief geht es auch in die andere Richtung
Nirgendwo ein Ende

Ist das Unendliche endlich - 4 -

Fotolia

Schenkt mir das Leben eine Wiederkehr
Von längst vergessenen Träumen

Schön ist es jedenfalls in diesem Alter zu sein
Und manchmal macht der Augenblick, den Schicksalsklick

Jeden Tag und auch bei Nacht
Vom Traum berührt - noch nicht ganz wach

Es ist Augenschlag im Lichterblitz
Wenn zwei Seelen sich berühren

Es entfacht den Vulkan, der geschlummert
Im heiligem Schlaf, wie ein Schaf

Das sanft geträumt, doch nun bäumt es sich auf
Es bricht hervor, aus tiefsten Tiefen

Beladen mit Tonnen von nichtgelebten Emotionen
Hart wie Stahl, doch innen weich wie Butter
Einfach ein Verschmelzungsfutter

Ist das Unendliche endlich - 5 -

Fotolia

Nur abgedeckelt das Hungrigsein
Alles nur Schein
Es will doch leben

Und geben, einfach nur geben

Wie neu geboren
Kein Beginn - Kein Ende
Doch behände
Die Zeit schreibt es vor
Wann Treffpunkt und Erleben

Auf Erden
Seelisches Beben
Aller Gefühlsebenen

Göttlichkeit im Körper anerkennen
Lust und Liebesqual
Jeder hat die Wahl
Es zu erleben

Ist das Unendliche endlich - 6 -

Fotolia

Wenn der Augenblick dann kommt
In unser Leben
Werden wir es tun?

Oder nur in der Starre bleiben
Ausharren
Macht man´s oder nicht

Nun zerbrich

Dir nicht den Kopf
Dieser Schmelzungstopf
Ist noch nicht da
Aber fürwahr

Wer hätte es nicht gerne
Dieses Feuer
Und nicht nur aus der Ferne
Gerne auch ganz nah

Gemeinsamkeiten - 1 –

Fotolia

Gefühle bis zum Überschwappen
Grenzgänge ohne Schranken
Nerven liegen blank
Mir wird´s bang

Dieser Gefühlsrausch
Im Tausch
Körper und Seele
Ich vergehe

Wie Kinder sich verhalten
Laufen Hand in Hand
Durch Felder, Wald und Flur
Um den Augenblick zu leben, pur

Wir geben dann uns Beiden
Mehr Freude statt Erleiden
Genug gelitten und gesucht
Gefunden und gebucht

Gemeinsamkeiten - 2 -

Eigenes Bild – Hochzeit

Das Quäntchen Glück
Halten wir es in den Händen?
So fern ist noch der schwere Sturm
Im Augenblick ist alles ohne Wurm

Dann wieder nur ein Blick
Es macht Klick
Schön ist es auf dieser Welt zu sein
Wir erleben Regen und Sonnenschein

Gemeinsam ist es doch wunderbar
So einiges wird klarer bis klar
Geschaffen sind die Menschen hier
Um zu erleben ein gefühlvolles WIR

Möchte tanzen
Voller Freude
Hingeben mich ganz
Im Liebestanz

Suchen und Finden

Eigenes Foto

Lass mich trinken vom Ozean der **Liebe**
Der unaussprechlichen Quelle in mir, wie in Dir

Die **Liebe** gibt meinem Leben Gestalt
Lässt mich finden den tiefen Sinn im Neubeginn

Ja, ich wurde gefunden, wie ein **Sandkorn** in
Bergen von sonnenverwöhnten Dünen

Wie ein **Grashalm** inmitten der Wiese

Ich wurde gefunden im **Meer** von unzähligen
schimmernden Tropfen, die benetzten und hofften

Ich wurde gefunden im Orkan des **Windes**
Spürte den Hauch und fühlte ein Geborgensein des Kindes

Ich wurde gefunden Hier und Jetzt
Bin am Leben angebunden und doch frei

Bin bereit zu lieben und zu leben
Zu fühlen und zu geben

Zu teilen und zuweilen
Auch ganz bei mir zu sein

Das Finden

Fotolia

Erschüttere mich
In meinen ureigensten Gründen
Lass mich finden

Dieses Glück
Das in keiner Sprache der Welt
Sich ganz ausdrücken kann

Dieses Glück
Das in mir tobt
Und doch stille hält

Dieses Glück
Das nur weitergegeben
Werden möchte

Dieses Glück
Das sich vermehrt
Ohne jemals weniger zu werden

Dieses Glück
Schubladendenken wird es nicht einsperren
Oder verschließen können

Den Schlüssel für das Glück
Wird nur Jeder bei sich selber finden können

Gut / Schlecht – 1 –

Fotolia

Was will der Mensch
Einteilen in Schubladen
Gut – Schlecht
Schlecht – Gut

Ach, du schiefgewachsener Baum
Für was kann man dich gebrauchen?
Zu krumm, noch nicht mal zum Küchenbrett
Wirst du taugen
Wohl doch nur zum verbrennen

Was, du strebst dem Licht entgegen
Dein Wuchs ist Dir egal
Es treibt Dich in die Höhe
Krumm – schief – unschön - schal

Doch die Sonne scheint für Jeden
Der Wind gehört Allen
Der Regen benetzt den Dunkelsten und den Hellsten
Der Sturm peitscht auch den Geradesten

Gut - Schlecht -2-

Fotolia

Oje

Wie ignorant ist der Mensch
Dass er der Schönheit im Stamm nicht gewahr wird
Dass er die Erhabenheit der schiefen Bäume nicht sieht
Das er nicht erkennen kann dass in ALLEM

Das Göttliche wohnt
Jeder und Jedes hat seinen Platz
Sonst wäre es nicht hier

Was macht frei und stark

Liebe macht Frei

Liebe schützt den Ärmsten
Liebe wärmt den Kältesten
Liebe befreit den Gefesseltsten
Liebe erlöst den Verhärtetsten

Lebensbahnen

Eigenes in Serviettentechnik

Das Leben zieht seine Bahn
Gezeichnet in Falten und Linien

Erst weich – dann hart
Mit Lebensweisheit gepaart

Oder auch nicht
Dann stur und kampferprobt

Aber irgendwann – in ***Enkelchens Augen*** geschaut
Schmilzt dahin das Gestaute Grau des Lebens

Lebensfluß wird wieder frei
Und es bleibt dabei

So manche Starre wird butterweich
Und es nistet sich ein

Das vergessene sanfte Lächeln

Seelentanz

www.nikolai-trischka-engelenergiebilder.com

Zwei Seelen tanzen
Vereint im Strom der Ewigkeit

Wie lieb ich Dich
Wie begehr ich Dich

Du sonnengleiche Seele
Es bebt * Es schwingt * Es klingt

Losgelöst von der Fessel
Und dem Lebenskessel der Weltlichkeit

Berühren sich zwei Herzen
Im Tanz der Unendlichkeit

Hier und Jetzt – Zu dieser Zeit

Gruß an Omi !!!

Gemalt von meiner Enkelin Sophia Jolie

Wir können uns nicht so oft sehen
Doch im Herzen wir uns verstehen

Entfernungen, die uns einfach trennen
Gegen die Zeit wir immerfort rennen

Zweimal bis dreimal im Jahr können wir uns begegnen
Ich möcht DICH hiermit segnen

Mein liebes Kind

Gute Freunde

Mein Freund
Da warst Du noch klein

Mein schwarzes Gold
Im Herzen gut und rein

Du warst ein Schatz für mich
Und ich ein Schatz für Dich

So blieb es viele Jahre lang
Aber ab und zu wurde es mir Angst und Bang

In dir war lange Zeit ein Widersacher
Mit Doktorenhilfe heilten wir den Kracher

Nun bist Du schon lange im Hundehimmel
Und schaust auf mein Lebensgetümmel

Immer bleibst du unvergessen
Mein Freund

HOSSI

E H E

Eigenes Bild

Lieber Gott
Gib uns die Kraft der Heilwerdung
Für unsere alten Verletzungen und Baustellen

JETZT

Auf dass wir freudig und frei
Gehen in unser künfiges Leben
Wir sind bereit * Hilf uns bitte dabei

Denn, wir sehen begrenzt
Wir fühlen begrenzt * Wir leben begrenzt
Wir sehen immer nur dass im Anderen
Was wir schon einmal erlebten
Es kommt in anderer Gestalt zurück

Hilf uns NEUES zu entdecken
Und hilf uns dabei
UNS ZU FINDEN IN DIR
Wir danken Dir

Schicksal

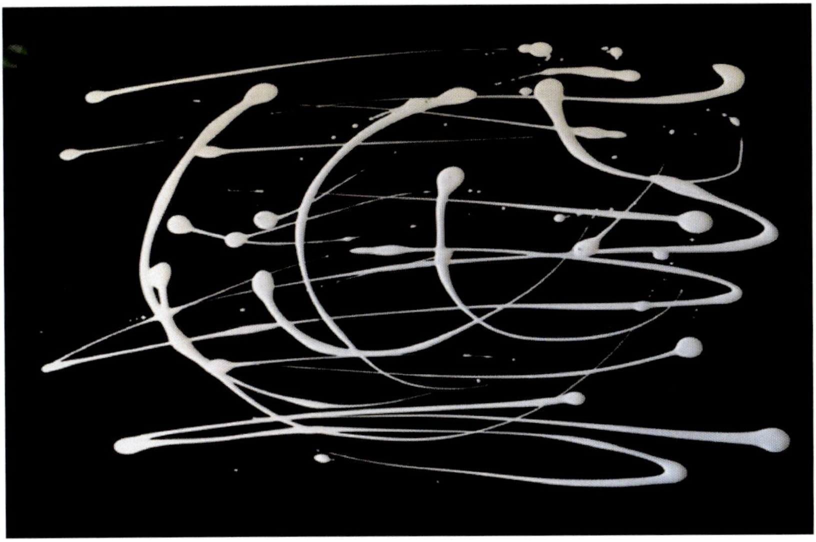

Eigenes Foto – Oswald Sailer -Ceranfeldreiniger

Keiner von uns gleicht dem Anderen
Einen Jeden ließ das Schicksal werden
Was ER ist

Abgeschliffen durch die Macht der Zeit
Und doch noch rau
Im Widerspruch geübt

Bewahre deine Kanten
Denn jede ist ein Teil von dir
Von deinem Sein
Das nur DU

Und niemand sonst gelebt

Wir waren Liebe, sind Liebe und werden immer Liebe sein [1]

eigenes Foto – Basilika Walldürn – Nacht der Lichter

Schlummerten wir im millionenlangen Schlaf
Fremdgesteuert und sehr brav
Menschengeist – Sternensaat

Suchten einen Weg
Nun bricht´s hervor
Durch ein strahlendes Sternentor

Im menschlichen Sein geboren
Jeder weiß, glühend heiß
Es ist noch nichts verloren

Wir waren Liebe, sind Liebe und werden immer Liebe sein 2

Eigenes Bild – Encaustic- Welten

Erdplatten brechen
Katapultierend das Material
Wie tausend Tonnen glühenden Stahl

Auch im Herzen der Menschen lebt
Hitze und Feuer
Individuell strahlt es durch das Leid

Wird dadurch heller und heller
Und der Mensch ein Neuer
Kann er so leben in seiner Umlaufbahn

Entfliehen und entwachsen dem Alltagswahn
Einst aus göttlichem Geistesstoff geschaffen
In irgendeiner Zeit.

Seid bereit * Seid bereit

Eigenes Bild – Encaustic – Ich schlafe noch im Verborgenen

Mensch - Hörst Du den Weltenton
Erden-Sternen-Mensch
Bist Du bereit

Nur zu Sein
Nicht nur zum Schein
Nie wieder allein

Sondern im reinen SEIN
Druck galt es auszuhalten
Nun gibt es Möglichkeiten

Zum Walten und Mitgestalten
Im Erdenrund und Erdenbund
Dein jahrerlanger Schmerz

Mein Schmerz
War unendlich groß
Das Los eines MenschSeins

Wir waren Liebe, sind Liebe und werden immer Liebe sein 4

Eigenes Bild – Encaustic - Füllhorn

Das gewaltig Helle ist noch nicht erkannt
Nur gebannt in ohnmächtigem Schlaf
Wie ein machtloses Schaf

Träger Menschengeist - doch jeder weiß
Aufgebrochen und im Fluß des Lebens
Ist NIE etwas vergebens

Mein Herz erkennt
Mein Mund spricht
Mein Geist sticht

Durch die dicken Nebelsschwaden
Des Ungedachten und fängt an zu strahlen
Wo bist DU Zuhause- Mensch

Eigenes Bild – Encaustic - LebensTorBeschreitung

Kennst DU deine Heimat – Mensch
Fühlst Dich immer noch allein
Wie ein abgeworfener Ball

Oder wie ein abgeschossener Pfeil
Wanderst durch Welten – Wie im Traume
Bist nie im eingenen Haus daheim

Fühlst Dich allein – ganz allein
Fäden, kaum sichtbar
Steuern dein Geschick

Eigenes Bild Encaustic

Zurren, ziehen, schieben DICH
Ins vermeintliche Glück
Sie nehmen DIR das Wichtigste

DEIN * EIGENSTÄNDIG * BEWUSSTES * LEBEN

Wer webt denn diese Lebensfäden
Robotergleich und stereotyp
Gehen und leben wir unser Leben

Jahr um Jahr im Bande mit den Kräften
Die uns halten und unser Leben
Fremd bestimmt gestalten

Eigenes Bild

Wo ist Freiheit, Glück, Selbstbestimmung
Komm doch zurück
Schau auf und beginn dein Meisterwerk und -stück

Lass es klirren, zerbreche, zerreiße und verbrenne
Diesen seidig gebundenen Faden
Den wir noch haben am eitlen Körpertopf

Erwecke Dich – Erwache in Gottes Geist
Schmeiss das altgehegte, klebrig und faule
Morastig stinkende und wenig Blinkende

Ungeistig * Dunkle * Fort.....

Wir waren Liebe, sind Liebe und werden immer Liebe sein 8

Eigenes Bild

Aus diesem Kompost und Lebensmist
Mit fuchsschlauer List kann das Schönste erblühen
Dann werden alle Liebesgaben
Angenommen von denen, die noch schlafen

Die sich noch laben am Althergebrachten
Im Kreise sich drehenden – gefesselt Gedachten
Pflege deinen Geist-Seele-Körpergarten
Ohne gewaltig Großes zu erwarten

Denn ALLES ist schon in deinen Karten
Misch sie neu und sei bereit
Zu gehen in dieser Zeit
Ich geh mit DIR

Bin auch bereit

Ich wünsche allen Lesern die Gnade stetig zu wachsen und Schritt für Schritt glücklicher zu sein oder zu werden.

Der Leser sei durch diese Worte in Liebeswellen gehüllt.

Frieden *

Freude *

Einheit *

Freiheit *

Frohsinn *

Gesundheit *

Wohlergehen *

Lebendigkeit *

Vertrautheit *

Reich-Sein *

Liebesfülle *

Geborgen Fühlen *

Ruhen-in-der-Kraft *

Sinnhaftigkeit *

Kraftvolles Erleben *

Begeistertes Gestalten *

In wahrer und gleicher Gültigkeit